AF395384

CRI

DE RÉUNION.

PAR M. F.**.

PARIS,

LE NORMANT, IMPRIMEUR-LIBRAIRE.

1815.

CRI

DE RÉUNION.

—

Une nation peut-elle exister, qui soit noble, généreuse, éclairée, amante de la gloire et du plaisir, et qui, pourtant, méconnoisse la vraie générosité, les vraies lumières, la vraie gloire et le vrai plaisir, ou le bonheur? Je n'hésite pas, oui, si cette nation, amollie par de longues périodes de prospérité et de civilisation, étant parvenue au faîte des sciences et des arts ; enfin, ayant déjà mis en usage toutes les ressources de son esprit et de son cœur, tout à coup poussée par diverses causes, est tombée dans un tel état d'ivresse et d'aveuglement, qu'elle se

soit fait un jeu de renverser ses plus
saintes, ses plus antiques institutions,
de confondre, de mêler le juste avec l'injuste, l'erreur avec la vérité ; si les conséquences de ce bouleversement ont été
telles, que la dernière classe de la société
ait raisonnablement pu prétendre à en
devenir la première en crédit et en richesse ; que le dernier valet, armé d'audace, et soutenu par un certain babil, se
soit vu au milieu de clubs, de sociétés
populaires, discutant les plus grands intérêts politiques, et prêt à gravir, pour
prix de son impudeur, au dernier éche-
lon des dignités et des honneurs ; enfin
encore, et surtout, si à ce règne de l'a-
narchie et des discordes civiles, a succédé
un règne, qui réunit à un degré extrême
la petitesse à la grandeur, la bassesse à
la gloire, et l'infamie à la renommée ;
un règne où la plus haute impudence,
le mensonge et le mépris des hommes
aient produit de plus grandes merveilles
que n'en ont jamais enfanté la vérité, la

prudence et l'humanité ; oui, sans doute, il est possible, il est même nécessaire que la nation, qui aura été pendant de longues années la proie d'un si cruel dérangement d'idées et de choses, même en voulant recourir à ses anciennes vertus, ne les retrouve plus en entier dans son cœur, et en saisisse le simulacre et la chimère, au lieu de la réalité. En effet, comment cela n'arriveroit-t-il pas? Au sein de la confusion et du chaos qui régnoient chez ce peuple, les gens sans foi, sans principe, auront levé le masque, donné un cours libre et public à leur dépravation dans l'espoir de mieux parvenir; et comme ils réussissoient, la multitude toujours séduite par le succès, et prête à l'encenser, se sera convaincue que leur honte étoit de l'honneur, et leurs vices de la vertu. Les gens plus sages, mais foibles, et cette classe est si nombreuse, soit dans la crainte de blesser des regards corrompus, soit dans l'ambition d'arriver aux

emplois, en se proposant même une fin
salutaire, composoient avec la justice,
ne la montroient que du côté le moins
éclatant, et n'eussent point été chagrins
que la leur eût eu quelque ressemblance
avec l'injustice. Des petits aux grands,
tous agissoient de la sorte. Le type uni-
versel du vrai n'existoit donc plus, chacun
enfantoit le sien. Que d'erreurs n'aura
pas dû produire cette anarchie morale!
Et dans quel éloignement des idées saines,
ne doit pas être cette malheureuse nation, si ces jours d'insubordination ont
pesé sur elle pendant vingt-cinq ans!
Mais une autre vérité, peut-être plus
douloureuse encore, qui se présentera au
regard du moraliste, ou du politique qui
s'occuperoit du bonheur de ce peuple in-
fortuné, c'est la presqu'impossibilité de
le secourir immédiatement. Entrepren-
dront-ils de le persuader? N'ayant plus
de principes invariables au dedans de
lui, il se défie des raisonnemens les plus
rigoureux, parce qu'il ne les voit éta-

blis que sur des bases plus ou moins probables; d'ailleurs, tant de théories spé-
cieuses l'ont égaré, qu'il ne croit plus
qu'en lui, qu'à ses propres conceptions,
et ne lit avec goût et créance que les
écrits qui rentrent dans son sens faux;
les autres, fussent-ils d'un Pascal ou d'un
La Bruyère, ne seront que de l'idéo-
logie ou de l'anti-libéral. Sera-ce donc
par la conviction qu'ils tenteront de l'é-
mouvoir, ce peuple à la fois fougueux
et impassible, même impuissance dans
ce nouveau moyen. Son cœur, perclu,
glacé, par la froide analyse de tous les
monumens, de toutes les institutions
poétiques et sacrées qui ont croulé devant ses yeux; usé par les craintes et les
espérances, par la douleur et la volupté, n'a plus assez de délicatesse pour
être séduit par le sentiment; n'a plus assez
de force ni de chaleur pour être entraîné
par l'enthousiasme : mais, que dis-je,
l'enthousiasme, son esprit même veille
pour l'en détourner, en le lui présen-

tant sous les traits redoutés du ridicule ; car l'enthousiasme, qui n'est que l'élan d'une âme simple et vierge, que l'on me permette l'expression, doit être ridicule chez une nation qui tire vanité de la triste science de son cœur. Quel sera donc le remède à tant de misères ? Il en est deux ; mais il n'en est que deux : le temps et le repos.

O noble et malheureuse France ! ô patrie gémissante et bien aimée ! tu as recélé dans ton sein toutes les douleurs dispersées sur le séjour des enfans des hommes ; ton cœur, comme une mer de souffrance, a inondé la terre de la surabondance de ses maux ; tes os, brisés, rompus, ainsi qu'une paille débile, à la première tempête, se disperseroient sans retour : le temps et le repos peuvent seuls te rendre à la vie ; et tes enfans te le disputent ce repos et ce temps : ô patrie bien aimée ! ô malheureuse France !

Mais que fais-je ? déjà, bravant mes propres opinions, je me livre sans crainte à tout l'enthousiasme de ma douleur. Pensé-je échapper au sourire dédaigneux qui s'apprête pour moi sur toutes les lèvres! Hé bien, oui, qu'ils me regardent d'un air de pitié, mes inflexibles contemporains, je n'en continuerai pas moins mes conseils et mes gémissemens. Je désire plus leur bonheur que je ne redoute leur haine, et même leur mépris. Que de froids égoïstes, que des citoyens sans amour et sans énergie entendent avec plus ou moins d'indifférence les plaintes des divers partis, se repliant sur le petit nombre de leurs soutiens, et sur l'extrême divergence de leurs prétentions et de leurs désirs, je le comprends : mais moi qui, grâce au ciel, connois encore la passion de la patrie ; moi qui, avec tous les hommes qui veulent réfléchir, sens très-bien que le choc le plus léger, que la plus foible atteinte affecte cruellement, trouble toute l'économie d'un corps meurtri, douloureux, comme l'est celui de notre commune mère, je ne puis voir, sans appréhension et sans frémir, le plus petit grain de sable, que la méchanceté ou l'inconséquence lanceroit contre ses plaies aiguës.

Mais paroissez donc d'abord, expliquez-nous le sujet de vos éternels gémissemens, vous qui, acteurs ou spectateurs de nos discordes, agens ou victimes de nos erreurs, avez constamment resté sur le sol natal, et qui formez la majorité indéfinie de la nation ; dites-le nous de bonne foi : l'événement n'a-t-il pas surpassé de beaucoup, les espérances même que vous n'osiez pas concevoir ? Quand vous étiez le jouet d'un pouvoir anarchique, d'une populace effrénée ; quand, après quelques années de calme et d'un aspect heureux, vous avez été contraints de ramper tous sous un despotisme cruel ; d'engloutir, pour ainsi dire, les larmes qu'il vous arrachoit, en moissonnant vos enfans avec un sang-froid périodique et d'une main impitoyable ; en vous dépouillant de vos biens, ou tout au moins, en vous ravissant ce doux surplus du nécessaire qui sert tant à embellir l'existence, soit qu'on l'applique à ses propres besoins ou à ceux d'autrui; quand sous un conquérant effréné, raisonnablement vous ne pouviez entrevoir de repos qu'après ses jours, qui étoient dans leur vigueur, ou qu'après votre dernier homme et votre dernière obole, dites-le nous, à ces époques désastreuses, si l'on vous eût offert le gouvernement sous lequel vous vivez aujourd'hui, éperdus, ne vous fussiez-vous pas jetés dans ses bras? Oui, sans doute; ce n'est qu'à l'extravagance de n'en pas convenir. Hé bien, jouissez donc de ses bienfaits, avec une joie sans mélange, avec une entière reconnoissance. Mais, je vous entends : tout, dans ce nouvel ordre de choses, ne vous plaît pas également : quelques-unes de vos espérances se dissipent; quelques-unes de vos craintes deviennent plus probables; certaine hésitation, certaines mesures un peu précipitées; certaines autres rétrogrades, certaines autres, qui, selon vous, resteroient à prendre, vous troublent, vous inquiètent. En désavouant la rigueur de vos conséquences, je ne prétendrai point point en annuler le principe. Mais, je vous interroge : quel est celui d'entre vous, s'il avoit en main le pouvoir, qui oseroit se flatter de suivre invariablement la ligne droite, au sein du dédale que nous présentons? Une seule puissance pourroit opérer cette merveille, et c'est le despotisme, parce qu'il renverse tout ce qui s'oppose à son passage. Du reste, remarquez bien, ce que peut-être vous n'avez pas fait, que les chagrins que vous nourrissez décèlent la douceur et la paternité du chef qui vous conduit : naguères absorbés par de véritables tourmens, perdus dans de profondes angoisses, ne vivant que de privations et de sacrifices, vous étiez bien loin d'accueillir ces ennuis éphémères.

dont vous vous faites presque un mérite aujourd'hui ; c'est parce que vous êtes couchés sur un lit de roses, surtout, comparé à la couche de Procuste, sur laquelle vous étiez étendus, que, semblable à ce sibarite voluptueux, le moindre pli d'une de leurs feuilles parfumées vous cause du malaise et de l'inquiétude.

Mais toujours, dites-vous, qui nous répondra de l'avenir ? Je vous comprends : en termes plus précis, qui vous répondra que l'ancienne noblesse, dont nécessairement le pouvoir suprême est entouré, ne reconquerra pas des prérogatives qui blessent votre amour-propre, ne parviendra pas à s'emparer des emplois civils et militaires, à l'exclusion des autres classes de la société; et que le clergé, recouvrant son influence, ne sera pas d'un trop grand poids au moins dans la balance de l'opinion, et n'habituera pas les rois et les sujets à juger du juste et de l'injuste d'après leurs principes,

et trop souvent, d'après leurs intérêts
ou leurs caprices ? Soyez vrais : ces deux
considérations, infiniment plus que
toutes les autres ensemble, vous tiennent
en haleine, harcèlent votre esprit. Hé
bien, écoutez - moi, et raisonnons :
la crainte des fantômes n'est tolérable
que chez les bonnes femmes et les enfans. Sans doute, dans l'état d'extrême
maturité sociale où vous êtes arrivés, au
prix de votre sang et de vos larmes,
vous auriez droit de récriminer, si les
anciens illustrés le restoient toujours
exclusivement ; mais, sont-ils assez nombreux ? sont-ils assez riches ? sont-ils
assez puissans pour opérer cette révo-
lution ? car, l'accomplissement des vœux
que vous leur supposez en seroit une
véritable. Le roi y souscriroit-il ? tout,
dans ses discours, dans sa conduite, ne
décèle-t-il pas les idées les plus saines et
les plus justes, sur la situation morale
de la France, et sur le régime qui lui
convient ? Votre charte n'est-elle pas un

rempart inexpugnable contre les atta-
ques de ces hommes que vous paroissez
redouter ? Et vos représentans , ces citoyens forts , intègres , éclairés , que
vous pouvez choisir librement , ne sont-
ils pas, à leur tour, les remparts invin-
cibles de cette charte ?

Sur quoi sont donc basées vos inquié-
tudes ? Tenez, soyez aussi francs avec
moi que je l'ai déjà été à votre égard, et
que je le serai jusqu'à la fin de cet entre-
tien : indépendamment de ses prétentions supposées, ou existantes, de ses
droits réels, ou contestés, l'ancienne noblesse par sa seule présence soulève vos
idées libérales. Je me sers ici de cette expression, je me réserve de la définir dans
le courant de cet écrit. Vous sentez fort
bien que chaque génération l'a revêtue
d'un lustre , d'un certain éclat qu'il ne
dépend pas des hommes d'accorder , ou
de ravir, et qu'il manque quelque chose
au fils du financier le plus opulent , du
négociant le plus en crédit, pour mar-

cher dans le monde, l'égal d'un des-
cendant des Godefroi, des Bayard, ou
des Coucy. La nouvelle noblesse, au
contraire, les flatte, ces mêmes idées;
nous avons vu son point de départ, et
tout en contemplant son élévation, nous
aimons à nous rendre ce témoignage,
qu'elle s'est élancée d'un plan égal au
nôtre : qu'ainsi, elle n'a pas les droits de
faire par trop la superbe envers nous ;
et qu'un jour, nous pourrons parvenir à
sa hauteur. C'est très-bien ; mais, pour
rendre cette petite joie de vanité et ces
espérances illusoires, dignes, en quelque
façon, des sentimens exagérés qu'elles
vous inspirent, il faudroit, d'une part,
qu'au dedans de vous, vous portassiez
les grands talens nécessaires pour les au-
toriser ; et qu'au dehors, de nouveaux
événemens les favorisassent, c'est-à-dire ;
de nouvelles révolutions, de nouvelles
guerres, de nouveaux déchiremens. D'une
autre part, il faudroit qu'à la fin du
siècle présent, un arrêté de la nation

dépouillât la nouvelle noblesse de ses titres, car celle-ci, à cette époque, sera, pour l'amour-propre de nos neveux, le même épouvantail que l'ancienne l'est aujourd'hui pour nous; et chaque siècle exigeroit la même réforme. Or, n'est-ce pas là de la puérilité? pour une théorie aussi absurde, vaut-il la peine d'élever la moindre plainte, d'exciter la plus légère vapeur autour d'un trône qu'illumine l'astre le plus doux et le plus bienfaisant? D'ailleurs, je le demande à tous les Français qui méritent ce nom; à tous les hommes qui ont le premier sentiment de justice, pour avoir abandonné quelques instans le soleil de la patrie, que nous tous avons évité, soit que nous nous soyons enfouis avec les morts dans des grottes profondes, ou de noirs souterrains, soit que, chez d'autres peuples, nous ayons porté nos larmes et notre effroi; pour avoir renoncé, forcément la plupart, aux douceurs de la terre natale, où les supplices les attendoient, ces proscrits, jadis respectés, ont-ils perdu leurs droits à notre amour? leurs aïeux en ont-ils été moins recommandables par de grands travaux, par de nobles actions? plusieurs d'entr'eux même, ne se sont-ils pas montrés avec distinction au champ d'honneur, soit pendant la guerre de Sept-Ans, soit pendant celle de Corse, de l'Amérique et de l'Inde? Et, après tout, n'eussent-ils pas fait plus si on leur eût demandé davantage? Quoi! nous pourrions porter dans nos âmes généreuses le plus léger éloignement pour les neveux d'un Turenne, qui a si bien servi la patrie de son épée; pour les descendans d'un Fénélon, qui a fait mieux que de forcer l'estime et l'admiration de ses contemporains, puisqu'il séduit le cœur de sa postérité? Je comprends votre silence: il est plus éloquent que nulle réponse; mais, confondant maintenant l'ancienne et la nouvelle noblesse, vous voudriez que la ligne de démarcation, entre elles

et la roture, fût imperceptible, et que
le talent, dans quelque condition qu'il
se rencontrât, perçant, comme un mé-
téore, la nuit qui l'enveloppe, parvînt
sans obstacle à l'apogée des grandeurs
et du pouvoir. Je pense comme vous;
toutefois, gardons-nous de donner trop
d'extension à cette prérogative des qualités purement naturelles, et de baser
la durée et le perfectionnement de nos
institutions sur la nécessité de les voir
éclore : ce seroit travailler à leur ruine,
en ouvrant les portes aux intrigues, à la
malveillance et à toutes les passions.
Rien n'est plus sujet à discussion que le
talent; presque tout le monde pense en
avoir; et combien est-il peu de gens qui
en aient, et même combien est-il peu
de gens qui sachent le distinguer! Le
talent, selon vous, se compose d'un
esprit étendu et d'un cœur droit; votre
définition me paroît juste : mais, pour
le peuple, pour la multitude, le babil,
l'audace, l'activité, de petites pensées,

bien à sa portée, encadrées dans de grands mots bien ambitieux, qui soient la caricature de l'éloquence : voilà ce qui constitue le talent. Or, comme le nombre des bons juges et des vrais talens est incomparablement moindre que celui des mauvais juges et des faux talens, il est évident que si vous mettez trop d'importance à n'avoir, au maniement des affaires, que des citoyens recommandables par leur mérite personnel, très-souvent vous n'aurez, pour administrateurs, que des hommes sans moyens et sans probité, et seulement habiles à gagner la faveur populaire.

Je ne prétends point combattre ici la prééminence du talent mis à l'épreuve, et bien reconnu : d'ailleurs j'ai déjà fait ma profession de foi ; mais je dis que jusqu'à ce qu'il ait passé par ces épreuves, et acquis ce degré de célébrité, il doit être considéré comme non avenu, ou presque comme tel, dans ses rapports avec les charges publiques ; et que, bien loin d'avoir le pas sur la naissance, il doit le céder à la richesse. Je dis donc que pour la prospérité des Etats , soit république , soit monarchie, les préjugés qui classent les hommes , et qui les désignent aux autres hommes comme des sujets de plus ou moins d'espérances, en général doivent être ainsi établis. 1°. La naissance ; 2°. la richesse, et 3°. seulement le talent. Je dis , 1°. la naissance , parce que cet avantage est incontestable , cette donnée certaine : il est en effet incontestable que telle ou telle personne porte un nom illustre , qu'elle compte une longue suite d'aïeux, et il est en effet certain qu'il est plus probable de trouver de l'honneur, de la probité , et même la connoissance des affaires dans le fils d'un grand homme , qui aura sucé, avec le lait de son enfance, des principes de noblesse, de générosité ; qui a un beau nom à faire passer intègre à ses descendans : il est plus probable, je le répète, de rencontrer là de belles qualités que partout ailleurs. Vous me citez cent exemples contraires, moi je vous en citerai mille , mais cela ne change rien à ma généralité. Je dis, 2°. la richesse, parce que cet avantage est encore incontestable , cette donnée certaine, il n'y a point d'arbitraire là. Il est en effet incontestable que M^r un tel a, ou n'a pas cent mille liv. de rente au soleil : et il est en effet certain, qu'il est plus probable que l'homme qui a su gagner, ou conserver une grande fortune, aura l'intelligence des affaires, mettra un intérêt véritable à la prospérité du sol sur lequel l'attachent ses richesses, et sera sourd à la séduction de l'or; il est plus probable, je le répète, que l'on trouvera les qualités que je viens de déduire, dans l'homme riche, que dans celui qui ne le sera pas. Enfin, je dis, 3°. seulement le talent, parce que cet avantage, ainsi que je l'ai déjà fait observer, est infiniment rare, qu'il n'a rien de certain, de positif comme

les deux autres ; que la multitude s'y
méprendra toujours ; que les habiles
même s'y trompent ; et que celui qui le
possède, souvent ne tenant à la patrie par
aucun de ces intérêts matériels qui tou-
chent encore les hommes, lorsque, par
l'égarement de leurs cœurs, le bien-
être général ne les touche plus, ne présente à la république nul cautionnement
de ses œuvres. N'est-il pas vrai, lecteurs, que cette proposition est juste
et concluante, et qu'une pratique qui
lui seroit absolument contraire, pourroit devenir nuisible à un Etat ? Prenons
donc notre parti en gens raisonnables ;
souffrons des abus, si vous voulez ap-
peler cela abus, puisqu'il convient à
notre intérêt et à notre bonheur de les
souffrir. Hé bien, oui, ce sera un malheur
pour un homme ambitieux que de n'être
point né de famille noble : mais c'est aussi
un malheur pour une femme coquette
que de n'être point née belle et spiri-
tuelle ; mais c'est aussi un malheur com-

mun à beaucoup de gens que de n'apporter en naissant ni fortune, ni beauté,
ni talent, ni vigueur; ne vous mettez donc
pas dans la tête d'être plus sages que la
nature. Vouloir redresser tous les torts,
c'est s'exposer à la risée des sages, et à
tous les maux qu'entraînent les entre-
prises chimériques ; aimez , respectez
le talent : une fois bien éprouvé, poussez-
le aux emplois ; mais dans l'espérance
de le découvrir, ne renoncez point, par
une petite vanité, aux avantages que
vous trouvez sous votre main. Si c'est
ajouter au bonheur des heureux , à la
gloire de ceux qui en ont déjà , c'est
aussi assurer votre propre bonheur. Personne sans doute n'affirmeroit que maintenant même , sur le sol de la France ,
et dans la dernière roture , il ne puisse
exister un Newton , un Racine et un
Colbert ; mais, pour les déterrer, faut-il
transformer toutes les étables et toutes
les huttes en écoles? Et dans l'attente de
l'instant où ces grands hommes sorti-

ront de leurs trous , faut-il laisser vacantes les places qu'ils doivent remplir avec éclat, ou bien y placer l'obscurité probablement incapable, plutôt que la naissance probablement capable?

Mais comme cette sollicitude nationale pour le talent, ce désir de le voir parvenir n'ont rien que de juste et d'honorable pour un peuple, quand ils sont réglés par la prudence, ici je confondrai absolument mes vœux avec le vœu général, et je demanderai pourquoi dans la constitution l'on auroit point émis cette loi, que la noblesse ne seroit , comme en Angleterre , transmissible qu'à l'aîné de chaque famille. L'on sent combien cette restriction dans l'admission à la noblesse par les droits du sang, offriroit au talent d'aisance pour y parvenir, et à l'Etat de motif pour lui en aplanir les voies : car autant vaudroit il ne rien anoblir que tout anoblir (1).

____

(1) Je ne sais si ce réglement entraîneroit quelques désavantages occultes; mais il me paroîtroit merveilleusement convenir aux mœurs du siècle, à sa vigueur et à sa foiblesse;

Ce dernier aveu, il me semble, met le sceau à la parfaite impartialité dont je me pique ; mais j'en appelle à mon tour à l'impartialité de mon lecteur : peut-il disconvenir que du rapide exposé que je viens d'établir, il résulte, que la noblesse est bonne en elle-même ; qu'elle est une pépinière de sujets probablement utiles à la république ; qu'elle est la récompense juste des hommes généreux qui ont servi l'Etat ; que nous devons la considérer, et non la craindre, parce qu'elle a travaillé pour nous, qu'elle peut travailler encore, et que notre charte protégée par nos représentans, veille à ce qu'elle n'abuse point

---

cet amalgame de noblesse et de roture dans les mêmes familles, et cimenté ainsi par les liens du sang, seroit un moyen certain et peut-être l'unique de rapprocher deux partis dont l'amour-propre de l'un et le sentiment de dignité qu'il a conçu de lui, ne pardonnera jamais entièrement, c'en est fait, aux titres et à la gloire de l'autre. Ce seroit une foiblesse que de s'arrêter à l'apparente injustice de cette loi, car si elle rompoit l'égalité dans les familles, elle l'établiroit dans l'Etat.

des honneurs et du pouvoir dont nous l'avons revêtue ; et qu'enfin il seroit à la fois souverainement injuste et souverainement ridicule de témoigner quelques regrets du retour des anciens illustrés, puisque leur fuite est bien loin d'être une faute ; puisque la force les ayant dépouillés des héritages de leurs pères, c'est bien le moins qu'ils puissent vivre en paix autour de leurs tombeaux ; et puisque l'antique éclat qui les relève aujourd'hui, dans quelques jours ornera les lauriers de nos contemporains et de nos amis.

Convenons donc, que l'espèce d'instinct qui porte une partie de la nation à ne point accueillir avec une franche bienveillance ces proscrits, la plupart dignes d'éloges, et presque tous malheureux, n'est point juste, n'est point louable ; qu'il prend sa source dans le dérangement qu'a opéré sur nos idées la longue subversion de tout ordre, l'aspect de roi devenu pâtre, de pâtre devenu roi ; l'espérance prochaine ou éloignée, ou au moins la possibilité à

tous de parvenir à tout : que la jalousie,
que de petites passions en sont le principe ; et que telle est l'universalité de
ce principe, qu'il est peu de gens hon-
nêtes qui osassent avouer hautement le
motif secret qui les fait ranger du parti
de cette espèce d'opposition. De là nous
conclurons, rigoureusement, que pour
recouvrer la paix, ce trésor des sujets et
des rois, cette panacée indispensable à
notre malheureuse patrie, il faut combattre en vainqueurs nos penchans, puisqu'ils sont injustes ; car, sans la justice,
sans la répartition loyale du bien-être
sur tous les membres d'une société, la
paix ne sauroit s'y établir d'une manière
durable, et enfin que rejetant des prétentions peu sages, et que satisfaits de
nos nouvelles prérogatives consacrées
dans la charte, nous devons tous marcher
en frères sous la surveillance d'un Roi
qui, par une merveille aussi glorieuse
qu'inouïe, force l'estime et la confiance
des partis les plus opposés.

Mais vous ne refusez pas de frater-
niser, dites-vous, ce sont ceux dont

je défends les droits qui retirent leur main, lorsque vous avancez la vôtre : à cela je commencerai par vous répondre, que votre classe étant beaucoup plus nombreuse, plus forte, est moins malheureuse que la leur; c'est à vous à faire les premières avances, les plus grands sacrifices d'amour-propre. Persisteroient-ils dans leur froideur? Le tort seroit à eux : c'est ce que nous examinerons. Mais avant, nous devons essayer de lever le second obstacle à votre parfaite sécurité. Nous devons comparer à la réalité, les craintes que vous inspire le retour franc à la religion de nos pères, et à la protection mieux avouée de ses ministres. C'est un parallèle bien facile à établir entre gens qui voudroient sincèrement s'éclairer : mais en vérité, telle est la futilité de notre siècle, telle est notre superbe confiance en notre petit savoir, et notre mépris pour les choses qui depuis long-temps sont vénérées, comme si cette odeur d'antiquité, ce parfum sacré des géné-

rations les rendoient méprisables, que
je l'entreprendrai sans espoir de convaincre, quelque lucide qu'il soit, quelqu'avantageux qu'il me paroisse, et
quelque concession que je fasse.

Mais enfin je commence par convenir,
et c'est du fond de mon cœur, et d'après
l'assentiment unanime, que la nation
française a fait des progrès immenses
dans les arts, dans les sciences, dans
la civilisation; que l'esprit, les lumières,
les manières aimables se sont répandus
universellement comme une douce rosée
qui, dans les belles matinées de mai, vient
détremper uniformément les herbes,
les fleurs et la surface de la terre ; que
chacun a pris un sentiment plus élevé
de la dignité de son être ; que la gros-
sière bonhomie d'un Pourceaugnac,
que la sotte crédulité des sectaires de
saint Pâris, ne se retrouveroient pas
plus à Limoges que dans la capitale ; je
conviendrai encore, avec ses ennemis
même, que le soldat français est le pre_

mier soldat du monde ; qu'à un degré
éminent, il est sensible à la gloire; qu'un
mot lui suffit pour récompense, qu'un
mot lui suffit pour châtiment. Sans doute
voilà de belles, voilà de bonnes, voilà
de nombreuses qualités ; mais suppor-
tent-elles bien l'analyse en nous ? Suf-
fisent-elles bien au bonheur et à la vraie
dignité de l'homme, à la prospérité et
à la gloire de ses sociétés? Ah, combien
il s'en faut! si tous ces dons brillans ne
sont appuyés sur un fonds de moralité;
si les idées imposantes, mais variables,
qui en dérivent, ne sont dominées par
des idées plus imposantes encore, et à
jamais invariables, tous ces dons brillans n'amèneront que le malheur et la
dégradation de l'homme, que la déca-
dence et la ruine de ses institutions.
Qu'un peuple froid, ignorant et presque
voisin de l'état de nature, existe sans
moralité dans ses actions, en conservant
la petite dose de bonheur, de dignité et
de gloire que lui permet d'espérer son

peu de développement intellectuel, cela peut être, quoique sans exemple : l'on conçoit que le petit nombre de ses besoins, le petit nombre de ses idées et le grand nombre de ses habitudes peuvent suppléer au frein qui lui manque, et produire une espèce d'instinct qui l'éloigne au moins des grands écarts de la folie humaine. Mais nous, Français, qui, à une multiplicité de besoins, joignons une multiplicité d'idées et une absence totale d'habitudes, que deviendront notre bonheur, notre dignité et notre gloire, si nous ne reconnoissons hautement, publiquement et à des signes certains, ce qui caractérise le juste et l'injuste, l'erreur et la vérité; si de la pratique des uns et de la fuite des autres, nous ne nous persuadons qu'il faut faire la règle de notre conduite; si nous n'incrustons cette pensée dans tous les jeunes cœurs qui grandissent autour de nous, que dans l'homme il y a deux hommes, l'homme moral et l'homme physique;

que le premier est meilleur que le second;
que ses jouissances sont plus nobles, plus
à lui, parce qu'elles ne dépendent point
des objets extérieurs, et que la volupté
qu'apporte dans une âme la présence de
la vertu, n'est point une volupté chimérique, mais une sensation douce,
ineffable, d'autant plus sensible, d'autant plus étendue que l'âme est plus
vaste et plus voluptueuse; et que celui
qui est parvenu à l'exciter au-dedans de
lui, fût-il privé de tous les avantages
dont jouissent ses semblables, goûtera
encore assez de repos, assez de délices
même, pour respecter, pour chérir
son existence, et ne point troubler celle
d'autrui, dans l'injuste espoir d'amé-
liorer la sienne. Oui, si nous ne gravons
ces principes dans nos cœurs avec un
burin sacré, nos lumières ne serviront
qu'à nous éblouir, notre bravoure qu'à
nous désoler, et tout notre vernis bril-
lant qu'à hâter notre décrépitude, et à
signaler nos ruines. Les lumières, sans

moralité, excitant les esprits, leur don-
nant une activité illimitée, les uns, les
plus étendus, se perdront dans l'espace,
enfanteront des systèmes, saisiront des
chimères qu'ils appelleront réalité, et
séduiront la multitude ; les autres, à
courte vue, bien plus nombreux, dès
le premier coup d'œil ne rencontrant
rien hors d'eux, se replieront sur eux-
mêmes ; le moi humain leur sera tout,
l'étroite sphère de leur intérêt bornera
absolument leur regard, leur désir, leur
espérance, et jamais dans ce réduit
sombre et exigu, n'entreront la grandeur, la générosité et le vaste amour de
la patrie.

La bravoure sans moralité, montrant
la gloire pour prix de toutes les victoires,
quelqu'injustes qu'elles soient, enflam-
mera nos âmes d'une folle ardeur : en
vils spadassins nous saisirons toutes les
occasions de combat. Nos voisins sont-
ils équitables envers nous, sont-ils pa-
cifiques ? n'importe, nous fondrons sur

eux ; nous les forcerons à recourir aux armes, pour avoir la douceur de les vaincre, pour goûter les joies de la guerre. Nos ennemis sont-ils domptés? sur nos propres champs, au sein des discordes civiles,. joyeux encore, nous penserons cueillir des lauriers. Je sais bien que les guerres en général ne sont point le résultat du vouloir des simples sujets : aussi est-ce bien autant pour les forts que pour les foibles que le frein de la morale est indispensable. Je sais bien encore que le soldat doit obéir aveuglément, sans juger la cause qu'il défend ; mais combien n'est-il pas puissant, encore pour aggraver la misère des nations, et combien ne lui est-il pas facile de centupler par ses crimes libres les maux inévitables de la guerre? D'ailleurs le soldat n'est pas toujours sous les drapeaux :.il revient dans ses.foyers ; et si rapportant des armées la conscience de sa force, il ne porte au-dedans de lui une.lumière qui le dirige dans l'emploi qu'il en peut faire, au premier cri.de

ralliement, au premier coup de sifflet,
le voilà armé de pied en cap, et disposé
à tout entreprendre, parce qu'il a le
courage de tout braver : cette bravoure,
dont avec raison nous tirons vanité, cette
puissance de l'épée que personne ne nous
conteste, deviendroit donc pour nous un
présent funeste, et une cause prochaine
de crimes et de malheurs, si elle n'étoit
balancée par une autre puissance noble,
élevée, à laquelle, sans honte, nous
rendions les armes ; et enfin je dis que,
sans ce principe légitime et conserva-
teur, nos grâces nationales, notre politesse, notre esprit, tout ce vernis de
civilisation qui nous brillante, en ren-
dant nos vices presqu'aimables à nos
yeux et à ceux des autres, ne serviroient
qu'à nous plonger dans de nouveaux désordres, et par-là à hâter notre décrépitude et à signaler nos ruines.

La conséquence de ce théorème est,
que la moralité seule égale l'homme
à lui-même, que les dons de la nature

les plus beaux, sont les plus funestes sans moralité ; que tous les peuples ont besoin, pour leur conservation, d'une moralité, et que les Français en ont un plus grand besoin que nous autres.

Or, je dirai, mais, lecteurs, ne vous formalisez pas de mon aveu, la faute que je vais signaler est plus ou moins la faute de tous, en même temps qu'elle ne l'est de personne : elle est le produit de l'entassement des générations ; elle est le résultat presque nécessaire des combinaisons trop multipliées de l'esprit humain ; elle est la suite inévitable de l'espérance, peu sage à la vérité, mais noble cependant de tout connoître, de tout savoir ; elle est le triste reliquat des révolutions, des discordes qui s'élèvent parmi les peuples. Si nous sommes coupables de cette faute, nos pères n'en sont pas entièrement innocens ; ils ont vu son principe avec trop d'indifférence, ils ont même travaillé à son développement ; mais pardonnons-leur, l'expé-

rience , cette voix éloquente de la sagesse humaine , n'avoit point retenti
pour eux , et d'ailleurs ils sont dans le
tombeau : mais nous aussi , pourquoi
nous tiendrions-nous tant humiliés de
notre égarement ? Sa cause est pour ainsi
dire hors de nous : en succombant nous
avons cédé au poids'de notre siècle, bien
plus qu'à notre propre foiblesse ; rele-
vons - nous avec courage , et notre restauration sera plus glorieuse que notre
chute l'étoit peu.

Or, je dirai donc maintenant , en
toute sécurité , que le Français , à qui
nous avons reconnu un besoin imminent
de moralité , en est pourtant dépourvu
autant que peuple le fût jamais. L'homme
physique , chez lui , absorbe presque
tout son être : la joie des sens est son
souverain bien ; celle de l'âme , il l'ignore
ou la dédaigne. Les plus grandes idées
sur lesquelles ils opèrent, naissent immédiatement des objets qui l'entourent,
et dont il peut attendre du plaisir ou de

la douleur physique. Ce qui est antique, il le ridiculise parce qu'il n'en a
pas touché au doigt l'origine ; ce qui est
nouvèau, il le méprise parce qu'il l'a vu
naître. Enfin, s'il n'est pas absolument
persuadé que les lois de la terre sont
l'expression de l'extrême justice, a-t-il
satisfait à ces lois, quelle que puisse être
la corruption de son cœur, la dépravation de ses goûts, source intarissable
de malaise et de douleur pour la société,
jamais la pensée d'une justice supérieure
ne viendra l'engager à redresser ses
voies. J'affirme, on pourra nier; voilà
mon assertion nulle, j'en conviens :
cependant quelques personnes, je pré-
sume, se rangeront de mon côté. Du
reste, supposât-on que, par une cir-
constance magique, nous ayions sauvé
d'un naufrage, qui s'est renouvelé sans
cesse pendant vingt-cinq ans, tous les
biens de notre âme ; ces trésors précieux,
mais fragiles, qui se brisent comme
le verre, qui s'évaporent comme l'en-

cens ; aujourd'hui que nous en avons les moyens et le loisir, ne faut-il pas construire une arche, les y déposer, pour les mettre à l'abri des dangers qu'ils ont courus ? Et cette arche que peut-elle être autre chose qu'une religion ? Demandez-vous encore des preuves ? En vérité, je n'ai pas le courage de vous en donner : cherchez qui vous persuade ; moi je n'en ferai rien. Cette religion, il la faut. Choisissez : laquelle adoptez-vous ? Celle des Druides, d'Odin, de Mahomet ? Parlez : toutes, plus ou moins, iront à notre but. Quant à moi, il me semble que celle du Christ seroit la plus convenable, parce que la morale en est reconnue pour très-pure ; parce qu'ayant été long-temps celle de la nation, elle a laissé dans les cœurs certaines impressions qu'il seroit plus facile de fortifier, qu'il ne le seroit d'en faire d'absolument nouvelles ; et parce qu'enfin certains monumens, certains témoins qui déposent depuis de nombreux siècles en sa faveur, la rendent au moins aussi probable que toute autre , et aussi digne de gagner notre foi, ou de suspendre notre crédulité. O vrai Dieu du ciel et de la terre, Dieu de Fénélon et de Vincent de Paule! si je blasphême , pardonne ! je parle à des hommes superbes, et je cherche à en être entendu! Pardonne-leur aussi , car s'ils te fuient avec une orgueilleuse constance, c'est qu'ils ne connoissent pas les charmes ineffables de ta justice. Mais nous nous fixons donc au culte catholique : nécessairement il faut à ses dogmes des ministres, des défenseurs , qui militent contre les forces qui lutteroient pour les détruire , puisque nous avons dit qu'ils étoient un rempart contre la méchanceté et la dépravation. Investissez donc ces soldats sacrés d'une certaine autorité (1), d'une certaine con-

______

(1) Un des actes de la vie et le seul, si l'on veut , où il est indispensable d'accorder au plus tôt une entière priorité à la puissance ecclésiastique , est le mariage. Le contrat ne doit être sanctionné par le magistrat et reconnu

sidération , ou bientôt , ainsi que leurs autels, ils ne seront que des sujets de mépris et de risée, et de là toutes nos espérances s'évanouissent. Peut - être m'accorderez-vous cela, mais vous craignez le fanatisme. Moi aussi je le crains ; je dis plus : je l'ai en horreur, et autant celui qu'inspireroit l'Evangile que celui qui prendroit sa source dans l'Alcoran, parce que l'un, pas plus que l'autre, ne glorifie la Divinité, et ne sert au bonheur des hommes; si loin de là, qu'ils produisent l'effet contraire. Mais, pour s'interdire raisonnablement une chose bonne en elle-même, indispensable,

---

par la loi, qu'après la cérémonie religieuse. L'on ne peut se figurer les désordres et les abus énormes qu'entraîne la marche contraire parmi le peuple. Leurs enfans sont légitimés, disent-ils; que leur importe le reste? Et plutôt que de se soumettre en rien à la discipline, ou que d'apporter la plus légère offrande à leur curé, ils changent un état vénéré en un honteux concubinage, et vivent dans la dépravation sous l'égide de la loi. Si ces faits sont vrais, la réforme est urgente, et je puis assurer qu'ils le sont dans les campagnes autant que dans les villes.

dans la crainte de son abus, il convient
de voir si cet abus est probable, ou au
moins possible. Or, combien ne sommes-
nous pas éloignés du fanatisme religieux !
Avant d'incliner à l'orient la tige qui
rampe sur la terre au couchant, il faut
la faire passer dans la ligne perpendi-
culaire à l'horizon. Et quel temps, quels
efforts ne faudra-t-il pas avant que nous
atteignions ce point, symbole de la vérité ! Arrivés là, à ce terme de bien-
être, de repos naturel, n'aurons-nous
point assez de lumière pour le distinguer, assez de force pour nous y main-
tenir ? Les prêtres, en leur supposant
des intentions criminelles, car celles
qui tendroient à favoriser le fanatisme
le seroient véritablement, nous trouve-
ront-ils jamais assez crédules, acquer-
ront-ils jamais assez de pouvoir pour
nous les faire partager ? Ils ont eu, il
est vrai, une surabondance d'autorité
temporelle ; mais c'est qu'à certaines
époques ils avoient rendu de grands ser-

vices à l'Etat, soit en fertilisant des terres incultes, soit en insinuant, dans des cœurs sauvages et indomptés, le germe des vertus sociales, et que, pour prix de leurs services et de leurs sueurs, ils s'étoient acquis d'immenses richesses; c'est qu'avant la découverte de l'imprimerie, par leurs veilles et leur patience, ils avoient été les restaurateurs des lettres et des sciences, et qu'ils étoient, comme en Egypte, les hommes les plus érudits et les plus éclairés de la nation; et que ces divers avantages, joints à l'importance de leur caractère, les faisoient regarder comme des êtres privilégiés et surnaturels. Mais les causes puissantes n'existant plus, les effets magiques ne sauroient avoir lieu. Nous sommes plus riches que nos prêtres, nous avons du savoir autant qu'eux; le vrai et le faux ne peuvent plus être confondus : les nombreux travaux de l'imprimerie les ont distingués à jamais. L'oracle du siècle, en matière de religion, ne sera que l'Evangile ; et nous pourrons toujours, ce livre auguste à la main, confronter la conduite et les arrêts des défenseurs de la morale, avec leur devoir et leur autorité. Ce n'est point une phrase, la religion aujourd'hui, dans les lumières et la force de l'opinion, a véritablement sa charte qu'elle ne peut enfreindre ; mais ne l'enfreignons pas à notre tour. Qu'un homme, par exemple, fût-il éloquent, érudit comme Bossuet, eût-il l'âme tendre, religieuse comme saint François de Sales, vînt dire à l'un de nous : « La » foi est menacée, prenez le glaive, » sans crainte il lui répondroit : « Vous » êtes un méchant ou un insensé ; votre » maître et le mien étoit sur la terre un » Dieu de douceur et de miséricorde ; » sans haine il vivoit au milieu des en- » nemis de sa doctrine ; et quelque temps » avant d'expirer, avant cette mort » dont il prioit son père d'étendre les » mérites sur ses bourreaux, il dit for-

» mellement à l'un de ses disciples qui
» s'armoit pour le défendre : *Remettez*
» *votre épée dans le fourreau, car qui*
» *se servira de l'épée périra par l'epée.* »

Cette réponse n'est point un tour de
force ; la plus légère notion de la loi, la
moindre justesse dans l'esprit, suffisent
pour l'inspirer : tout le monde la feroit,
et il en seroit ainsi de mille autres. Mais
j'irai plus loin : en supposant même, ce
qu'il seroit absurde de penser, que le
retour à la religion de nos pères ne pût
s'opérer sans que ses ministres ne s'em-
parassent d'un pouvoir au - dessus de
celui que nous consentirions à leur con-
férer, faudroit-il pour cela renoncer
aux avantages de la morale évangélique?
Il me semble qu'il n'y a pas à hésiter.
Quelles sont donc les si grandes vexa-
tions qu'ils pourroient exercer ? La du-
plicité de leurs conseils? Mais, d'une
part, nous avons démontré que la vérité
maintenant planant au-dessus de leur
tête, ils pourront la signaler, et non

point la voiler à nos yeux; d'une autre part , quelque dangereux conseillers qu'ils fussent, étant toujours circonscrits dans une certaine sphère , retenus par une multitude de bienséances forcées, ils le seront infiniment moins que l'impiété et l'athéisme , qui ne connoissent aucun frein, et dont l'influence peut s'étendre sur tous et partout. Bayle a dit, quelque part, que le fanatisme avoit fait plus de mal que l'athéisme ; Bayle a établi là une proposition absolument fausse , parce qu'en comparant deux forces, dont l'une est positive et l'autre négative, il n'a tenu compte que de la première , sans remarquer la puissance d'inertie de la seconde. Le fanatisme, j'en conviens, pousse plus les hommes au sang ; mais l'athéisme , froidement, en laisse plus répandre. Le fanatisme, si l'on veut, a fait couler le quart des pleurs qui ont humecté la terre; mais l'athéisme, ou l'idée légèrement établie de Dieu , a fait couler le reste en ne s'y opposant pas. Il est bien clair que les vols, les infanticides, les assassinats, que tous les crimes, toutes les injustices qui infectent le monde, et notre malheureuse patrie surtout, ont pour principe le mépris, ou l'oubli d'un Dieu rémunérateur et vengeur, un athéisme commencé ou consommé. Or, la religion sans fanatisme, ainsi que nous avons la certitude que sera la nôtre, est bonne, très-bonne ; entachée même de fanatisme, elle vaudroit mieux que l'athéisme ou l'irréligion : donc revenons franchement à la religion.

Cependant il est un autre point qui blesse la pureté vraisemblablement de notre siècle ; les prêtres ne sont point assez purs, ils n'ont point ce désintéressement, ce ton apostolique que l'on désireroit en eux. Sans doute il est quelques sujets à qui ces reproches peuvent s'appliquer ; mais aussi, Messieurs, de quel droit osez-vous exiger que tous ces hommes, dont vous ne cessez de décourager le cœur par vos propos et votre peu d'égard, aient à eux seuls toutes les vertus auxquelles vous avez renoncé? Et, d'ailleurs, vous parlez de désintéressement; ne faut-il pas qu'ils existent? Sont-ils si opulens? Vous parlez de ton apostolique; connoissez-vous bien son essence? Savez-vous bien où il prend sa source? Rien ne le donne au monde, pas même la pratique libre de la vertu; il est comme la couleur naturelle d'une belle âme, comme le parfum d'un cœur nécessairement vertueux. Le bon Rollin, le saint évêque de Genève, le possédoient à un degré éminent : mais, sans être l'égal de ces deux grands hommes, l'on peut être encore un très-bon prêtre; et si nous ne voulions que des Racine, des Condé, ou des Vincent de Paul, trop souvent nous nous trouverions sans guerriers, sans poëtes et sans ministres.

Avez-vous sincèrement à cœur de voir vos autels de mieux en mieux entourés? Ayez du respect pour ceux qui les desservent; donnez-leur en des témoignages; ils le méritent; car ils exercent le plus beau métier de la terre, celui de gagner des hommes à la justice. Fermez vos cercles, vos salons à ceux d'entr'eux qui n'y paroissent que pour en être le scandale, ou la risée; c'est blesser les bons que d'accueillir les méchans. C'est manquer à tout un corps, que de montrer avec ostentation un membre qui le déshonore. Enfin, soyez justes avec eux comme avec les autres hommes, et alors, n'en doutez pas, les mœurs les plus pures et les plus beaux talens s'honoreront de balancer l'encensoir.

Je le demanderai, n'est-il pas vrai qu'en raisonnant de sang-froid et sans prévention, comme je crois l'avoir fait, l'on se tranquillise sur ce qui épouvantoit, et que l'on se voit contraint d'avouer que le retour de notre ancien culte, de toutes les manières qu'on l'envisage, est véritablement désirable? Vous êtes à peu près de mon avis, lecteur; hé bien! je ne suis pas la dupe de votre approbation passagère : à peine aurez-vous lu et jeté cette brochure, à peine aurez-vous fait quelques pas, qu'à la première occasion vous recommencerez vos déclamations sur la religion et ses ministres. Non, je me trompe, déclamer n'est plus de mode; mais d'un air indifférent et digne, avec un ton d'impartialité persuasif, vous direz froidement : « L'empire de » la religion est passé; les lumières sont » trop répandues pour qu'il renaisse » jamais, et l'autorité supérieure auroit » tort de penser à le rétablir; ses efforts » seroient en pure perte, et lui feroient » peu de partisans. Et dans le fait, » puisque nous en sommes affranchis, » convient-il de nous replacer sous la » domination des prêtres et de leurs » dogmes? » Mais, permettez-moi, vous êtes en contradiction avec vous-même; vous venez de convenir que, tout vu, tout considéré, la restauration de notre culte, modifié comme il l'est, seroit utile et désirable. Si, fatigués de mes poursuites, vous me répondez par un vaudeville, ce qui pourroit bien être, je n'ai plus rien à dire, nous en resterons là : mais si vous voulez m'écouter, vous verrez que le motif de votre désaveu n'a rien de louable, et n'est point du tout libéral. Maintenant vous refusez votre assentiment à ce que votre raison avouoit naguère : c'est que maintenant vous êtes mu par la passion; vous ne voulez pas qu'un miroir trop fidèle, qu'une morale trop pure viennent vous rappeler ce que vous n'êtes pas, comme cet autre qui condamnoit le juste d'Athènes. Vous vous flattez bien, et vous pouvez le savoir en effet, que la fumée de l'encens ne parviendra pas immédiatement jusqu'à vous; mais vous prévoyez aussi qu'il se répandra dans toute l'atmosphère une certaine odeur de pureté, dont le parfum, neuf et aigu pour vous, troublera l'état de mollesse et d'indifférence dans lequel vous vivez. Vous aurez beau faire, beau dire, il y a beaucoup

de cela dans votre instinct anti-reli-
gieux ; et je dis , moi, qu'il s'en faut du
tout qu'il y ait de la générosité à rendre
une chose méprisable par ses propos ,
et à détourner un peuple de son usage ,
qui lui apporteroit un profit bien reconnu, par cela seulement que cette
chose nous troubleroit dans la jouissance
de l'oubli parfait de nous-mêmes. Un
autre motif, aussi peu digne, détermine
votre marche rétrograde. En général ,
messieurs les gens du monde , vous êtes
comme les dieux de Lucain ; vous pré-
férez les vainqueurs aux vaincus. La
religion est terrassée : dans la crainte
de paroître ridicule en lui présentant
une main secourable , passe-t-on à côté
d'elle , les plus foibles l'insultent , les
plus braves détournent la tête. Que cette
conduite est pusillanime ! Renoncer
ainsi à ses opinions , pour se perdre
dans celles d'autrui ; être persuadé
qu'une chose est bonne, et la proclamer
mauvaise , parce qu'il est du bon ton

dé la regarder comme telle ! Je conçois très-bien qu'un homme , qu'une femme mette une certaine importance à ce que sa diligence , son carrik , sa pelisse ou son chapeau , soit modelé sur la forme la plus en vogue , parce que cette sévérité dans l'imitation fait tout le mérite de ces bagatelles, qu'elle les rend même un motif de considération, de celle qui s'acquiert par les yeux , et que s'en trop éloigner n'annonce que de la négligence, de la bizarrerie, ou de la misère. Mais dans un objet vaste, sérieux comme le culte , dans une thèse imposante, dont le résultat doit influer en bien sur la génération actuelle et les générations à venir, renoncer à sa raison , à son sens par timidité, pour imiter encore, c'est là se placer un peu bas. Il en est temps, nation généreuse, réveille-toi donc ; sors de cet état de fausse sécurité où tu te balances avec mollesse ; en contemplant tes bras nerveux, ton front élevé, ta large poitrine, admire ta vigueur,

j'y consens ; mais si quelque partie foible
se décèle en toi, si quelque force occulte
te pousse à ta ruine, comme une femme
pusillanime, ' comme un enfant capri-
cieux, ne refuse pas de voir tes douleurs,
hâte-toi de les secourir. C'est dans les
corps les plus robustes, ainsi que dans
les machines les plus savantes et les plus
rapides, que le moindre dérangement
entraîne le plus grand dégât et dans
la plus courte durée. Un roi philosophe,
c'est-à-dire, un roi sage, impartial, d'un
esprit vaste, au dire des nations et de
nous-mêmes, vous présente un culte consolant, ancien, poétique, très-pur dès
son origine par l'excès de la candeur, et
rendu à sa pureté primitive par l'excès
des lumières ; un culte chéri des Bayard,
des Condé, des Racine et des Lamoignon,
acceptez-le donc avec reconnoissance :
vous l'avez vu, vos raisons contre lui ne
sont que des prétextes, et votre force
n'est que de la foiblesse. Cessez vos pué-
riles récriminations, vous ne direz rien

que mille autres n'ajent dit. Néanmoins
tout cela trouble, tout cela inquiète et
détruit l'effet des plus favorables institutions. L'on ne sauroit évaluer ce que
de grandes idées religieuses pourroient
laisser de fraîcheur et de repos, en
passant par ces âmes agitées et brûlantes
de gloire. Je sais bien que beaucoup
n'en sont pas susceptibles ; mais, se
communiquant de proche en proche,
la douce influence, plus ou moins,
arriveroit jusqu'à elles. Pour ne point
plonger ses racines dans les ondes d'un
large fleuve qui coule auprès de lui,
le peuplier, dont la tige s'élance d'un
sable brûlant, n'en voit pas moins ses
rameaux entretenus dans leur pompe
par les vapeurs humides qui, s'échap-
pant de cette vaste surface aqueuse, re-
tombent tout à l'entour comme une
rosée bienfaisante.

La question est donc décidée par des
vues d'intérêt général, par bienséance
ou par conviction : en nous rangeant

sous le trône de saint Louis, nous nous inclinerons devant le Dieu qu'il servoit ; et bannissant de nos âmes les petites passions, les craintes chimériques et l'appréhension du ridicule, nous jugerons de la force ou de la pusillanimité, du bon ou du mauvais esprit d'un homme, selon qu'il adoptera ou rejettera notre cause.

Que si maintenant dans quelques personnages, nos regards étonnés rencontroient des vertus dont nous avons presque perdu la souvenance, gardons-nous d'en laisser trop percer notre étonnement, bien loin d'en concevoir pour eux la moindre froideur. Ce sentiment seroit aussi par trop déloyal et par trop odieux. Qui peut, sans la plus criante injustice, limiter les voluptés d'une âme ? La vertu rend avide de la vertu. Vous, vous aimez les plaisirs de la terre : hé bien, jouissez-en, votre goût est naturel, et personne ne le condamne. Vous avez éprouvé aussi de grands chagrins ; votre père, vos frères, vos amis, votre fortune, tout a été entraîné par le torrent dévastateur. Cependant, vos pleurs ont cessé, et le deuil n'a pour vous plus de charmes; goûtez sans remords l'oubli de vos douleurs : la constance dans ‘les larmes n'est pas le partage de tous. Mais, aussi apercevez-vous des âmes dédaigneuses des joies que vous savourez, assidues aux désolations dont vous avez fui la présence ? Respectez-les , chérissez-les, ce sont de grandes âmes , des âmes privilégiées; leur existence est le plus doux fardeau de la terre, si loin que jamais elle puisse lui être à charge. Ces âmes si pures ont quelque chose de merveilleux, de consolant, qui encourage à la confiance ; l'on ne peut se persuader que les foudres célestes ne ménagent le sol qu'elles habitent. L'on voudroit les voir sur le point le plus élevé de ses demeures et de ses temples ; les nations les pousseroient sur le trône avec ivresse , parce que le mépris des plaisirs engendre la force et la sagesse, et que les profondes plaies du cœur engendrent la tendre pitié et l'amour des hommes. Que la vertu est belle, qu'elle est douce, qu'elle est profitable ! les sujets et les rois en auront-ils jamais trop ; et jamais un peuple pourra-t-il atteindre au bonheur, s'il ne l'estime plus que tous les trésors, s'il n'apporte à ses pieds tous ses hommages et tous ses vœux ?

Enfin, pour achever la tâche que je me suis tracée ; pour démontrer le peu de fondement des plaintes en général et la nécessité de les étouffer toutes, afin de réunir tous nos vœux comme en un faisceau, il me reste à peser dans la balance de la justice et de l'impartialité les prétentions et les espérances de cette classe de citoyens qui, chassés de leurs foyers par la tempête, les ont trouvés consumés par la foudre à leur retour. Leur fuite, comme nous l'avons déjà dit, n'est, certes, pas une erreur ; tant s'en faut que pour beaucoup, elle est un sacrifice chevaleresque un vrai sujet de gloire. Qu'il seroit à souhaiter que d'une main hospitalière nous pussions restaurer leurs anciennes demeures, les y rétablir, et que le prix du dévouement, ou la conséquence d'une crainte très-légitime, ne fût pas la diminution et pour beaucoup l'entière privation des jouissances de la vie, et l'augmentation de ses misères. Mais est-il une autorité locale qui puisse lutter, avec une parfaite justice, contre cette espèce de nécessité malheureuse? Je ne le crois pas. Ceux qui possèdent maintenant les héritages sur lesquels leurs anciens maîtres penseroient avoir des droits, disent qu'ayant payé l'impôt avec la masse de la nation à l'autorité qui leur en a passé la vente; qu'ayant versé leur sang pour elle dans les armées avec la masse de la nation, tout témoigne que cette autorité étoit bien un gouvernement réel qui régissoit la France, et qu'ainsi tous ses actes ont une validité incontestable. Mais ce gouvernement a commis une injustice. J'espère que l'on pressentira mon opinion, je m'abstiendrai de la donner ; mais j'établirai en principe, et ce principe est basé sur la saine raison : je prie le lecteur de me suivre avec une attention minutieuse, et de se bien convaincre par avance, que la vérité que je vais énoncer est de la plus transcendante philosophie, qu'elle n'est d'aucun usage dans tout ce qui n'intéresse pas les hommes en masse, et qu'une fois ou deux chaque siècle, tout au plus, les mortels sont forcés d'y recourir ; sans ces soins préliminaires, sans cette conviction, ce que je donne pour vérité ne sembleroit qu'absurde, et, ce qui est pis encore, pourroit devenir funeste. Alors j'établirai donc, en principe : que tous les actes de l'extrême puissance doivent être confondus sur la terre avec les actés de la simple justice. Car quelle force opposeriez-vous aux premiers ? la justice ? mais la justice succombera sous la puissance, et de cette lutte disproportionnée

il ne résultera que des discordes san-
glantes, que de nouveaux affronts pour la
justice, et de nouveaux scandales pour
les hommes. Je citerois vingt exemples,
s'il le falloit, des concessions qu'en tous
les temps, en tous les lieux, la justice a
fait à la force. Je ne crains pas de l'a-
vancer, ces concessions sont ordonnées
par Dieu. même ; lui seul se réserve de
juger lesg randes causes des peuples,
celles du juste et de l'injuste absolus. Il ne
commande pas le mal, sans doute ; mais
il défend.de vouloir réparer un mal qui
ne peut se réparer que par un mal plus
grand, ou même égal. Les lois de la justice, dont il laisse l'application aux
hommes, sont celles qui amènent le plus
immédiatement.la paix et le bonheur de
la plus grande partie. Que l'on y réflé-
chisse, et l'on verra qu'il n'est qu'un
seul pouvoir sur la terre qui ait le droit
d'être absolument juste contre une nation; et ce pouvoir, est celui que donne
la conquête. Les puissances alliées, par

exemple, avec cinq cent mille hommes
sur le territoire français, avoient le droit
de n'accorder la paix qu'au prix de la
réintégration des exilés dans les biens
qu'ils possédoient avant leur exil. Mais
une fois rendus à nous-mêmes, une fois
rétablis dans l'usage de nos forces centra-
les, et nous régissant par nos propres lumières et notre propre énergie, nulle autorité n'a le droit, nulle justice, nulle
délicatesse de conscience ne fait une loi de
casser les contrats passés par la nation
à la nation, et au respect desquels une
grande partie de la nation s'intéresse encore. Maintenant, si, faisant abstraction
de cette justice relative qui existe bien,
l'on n'en sauroit douter, et sur laquelle
repose la tranquillité du monde, vous
disiez : Je n'entre point dans cette méta-
physique, je sais que je possédois légitimement des biens, un gouvernement
déloyal m'en a dépouillé, je demande
que le gouvernement loyal qui lui suc-
cède me rétablisse dans mes droits. Si

vous disiez cela, et que vos vœux fussent accomplis, la grande majorité de la nation auroit légitimement le droit de dire à son tour au pouvoir qui vous auroit ainsi favorisés : Par des vues d'équité, sans doute, vous avez cassé les actes de notre ancien gouvernement en faveur de telle classe de citoyens, et à nos préjudices particuliers, ou à ceux de nos parens et de nos amis, nous vous demandons, nous, que, par une suite de cette réaction équitable, vous répariez envers nous, et seulement au préjudice du trésor public, les pertes immenses que nous a fait éprouver ce pouvoir dont vous ne reconnoissez pas la validité ; c'est-à-dire, qu'à ceux-ci vous remboursiez des offices dont ils n'ont touché que la dixième partie ; qu'à ceux-là, vous payiez en entier des rentes viagères ou perpétuelles dont ils ne reçoivent que le tiers, et qu'à tous, du plus au moins, vous rendiez l'or ou l'argent, ou tout autre bien aussi réel, qu'ils ont donné en échange d'un papier forcé, dont la valeur est tombée à zéro. Que répondre à cela, et où trouver les moyens d'être juste ? Mais vous ajoutez : Notre cause est bien différente ; nous avons été fidèles au souverain, et notre fidélité doit être récompensée : l'on vous répondra, que votre fidélité étoit un devoir particulièrement pour vous ; qu'il n'est point nécessaire que la vertu ait pour récompense la fortune ; et enfin que l'on sait bien, et non pas d'aujourd'hui, que les rois sur le trône sont à la fois maîtres et esclaves ; et qu'avec l'âme la plus généreuse et le cœur le plus reconnoissant, il peut se trouver des circonstances où ils n'aient ni les moyens ni le pouvoir de récompenser tous les sujets qu'ils chérissent.

Ne croyez pas toutefois, hommes respectables et malheureux, que ce soit avec une résignation cruelle et une philosophie dérisoire que je souscrive à des maux qui sont les vôtres : non, sans doute, c'est en gémissant ; et si j'ai

avancé, plein d'une véritable conviction,
que la justice matérielle, que l'on me
permette cette expression, elle rend seule
ma pensée, vous faisoit un devoir de vos
sacrifices. J'ajouterai, non moins con-
vaincu, que la justice plus épurée, que
celle qui siége tout entière dans la conscience ; que la justice qui se joue de la justice, comme l'a dit Pascal, commande
à ceux qui en jouissent d'en partager
la rigueur avec vous. Mais comme les
lois de la conscience, malheureuse-
ment, ne sont pas celles qui dirigent les
hommes, en général, et que ce seroit
une folie, et vouloir ébranler les sociétés
les mieux établies, que de prétendre les
mettre en vigueur par des réglemens
humains, il faut en entier oublier vos
espérances et renoncer à cette chimère ;
trop long-temps déjà on l'a poursuivie,
vingt fois j'ai été témoin, soit aux champs,
soit à la ville, des nombreuses appréhen-
sions et du refroidissement qu'inspi-
roient les tentatives faites pour la saisir.

Toutefois ce n'est point assez faire
pour la chose publique que de lui sacrifier
généreusement vos intérêts pécuniaires ;
elle exige de vous d'autres privations encore. Il faut, je vous parle en vérité, et
peut-être avec plus de données que vous
ne pouvez en avoir, parce que tous mes
vœux étant cachés dans mon cœur,
chacun les ignore et sans crainte s'ex-
plique devant moi ; il faut en arrivant
au milieu d'une multitude immense, dont
presque tous les intérêts sont différens
des vôtres, que la cordialité, la fran-
chise, certain tribut payé aux mœurs et
au temps, rétablissent des nœuds rompus
par l'absence et les passions. Ne vous y
méprenez pas, indépendamment de la
petite jalousie que vous porte la généra-
ration présente, foiblesse que j'ai com-
battue dans les premières pages de cet
écrit, il y a dans ses sentimens pour
vous un fond d'appréhension et de
crainte ; elle sent très-bien que vous
n'êtes pas heureux ; elle appréhende que

vous n'en conceviez de l'aigreur, et elle craint que vous n'ayez pour elle plus d'éloignement que d'amour. Ce jugement n'est pas rigoureux, mais il n'est pas déraisonnable. Le roi lui-même, quelques mois avant son retour, alarmoit certains esprits; ils songeoient qu'il pouroit bien n'avoir pas oublié sa proscription et ses malheurs. Mais dans le point d'élévation où il est placé, fixant tous les regards, bientôt ses actions, dont chacun a ressenti les doux effets, ses paroles consolantes qui retentissent en tout lieu, en dévoilant le fond de son âme, ont répandu la plus heureuse sécurité, et à une crainte passagère ont fait succéder le respect, l'amour et la confiance. Qu'il m'est cruel ici, de n'avoir à employer que des phrases banales, usées par la flatterie et discréditées par le mensonge ; mais, bon roi, monarque vraiment digne de l'être, vous croyez aux sermens, je les vénère aussi ; hé bien ! je vous le jure, vous êtes aimé

de vos sujets ; je les ai vus divisés d'o-
pinion, trop souvent rêver, demander
des chimères : mais s'agit-il de vous, de
votre prudence, de vos lumières, de la
pureté de vos intentions, tous se réunis-
sent, tous parlent à l'unisson ; et si quel-
ques-uns d'entr'eux, rarement, très-ra-
rement, osent prononcer un mot qui
pourroit blesser vos oreilles, le moindre
mot du respect et de l'amour les fait
rougir et rentrer dans le devoir. Puis-
siez - vous, souverain conciliateur,
qu'une main puissante et propice semble avoir tenu en reserve tout exprès
pour cet instant; monarque vertueux,
digne d'un siècle, je ne dis pas plus grand,
plus célèbre, plus éclairé, mais plus pai-
sible et plus sage, n'avoir pour servi-
teurs, de près et de loin, que des hommes
généreux comme vous, qui, mettant de
côté toute passion, tout intérêt parti-
culier, n'ait qu'une seule pensée, le repos.
et le repos ! Mais pour en revenir à vous,
Messieurs, n'étant point ainsi élevés, ne

pouvant point ainsi tout à coup déployer vos cœurs aux yeux de la France entière, et détruire par-là un préjugé qui leur est défavorable, vous devez chercher, par d'autres moyens, à prouver. puisque vous êtes réduits à cette cruelle nécessité, que vous avez perdu le souvenir de vos malheurs. La loi est dure ; mais ce n'est pas moi qui la dicte, c'est le bien de tous qui l'impose. D'ailleurs, regardez-vous comme les aînés de la famille, et soyez les plus raisonnables. Vous parez-vous, avec un noble orgueil, de l'antique effigie de saint Louis ? briguez tous l'honneur de vous parer de la moderne effigie de Henri IV : elle est le prix de beaucoup de valeur ; et l'auguste famille qui s'en décore avec tant de complaisance aujourd'hui, l'a revêtue d'un nouvel éclat en l'empreignant du sceau des vertus sociales les plus touchantes et les plus pures. Nous avons une charte qui assure nos droits ; veillons tous à son intégrité ; je ne l'ai ni assez étudiée, ni je n'ai assez de lumière pour affirmer qu'elle soit la meilleure possible; mais il suffit du bon sens pour affirmer qu'elle est notre port et notre salut à tous, qu'il faudroit pouvoir la rendre sacrée aux yeux de la nation, et lui persuader que la pensée même de lui porter atteinte seroit un crime. Persévérez généreusement dans votre amour pour le chef de l'Etat; le plus léger murmure dans votre bouche vous aliéneroit tous les esprits et légitimeroit cette rigueur, en flétrissant complètement votre gloire. Songez que tout ce qu'il n'a pas fait pour vous, il devoit ne pas le faire; la raison, l'humanité même, et cette grande nécessité qui est une seconde justice, lui en imposoient la loi. Un souverain, en recouvrant son trône, trouve la nation dont il a besoin, comme cette nation a besoin de lui, divisée en deux parties, dont l'une est à l'autre comme dix est à vingt-cinq mille : si le malheur vouloit qu'une de ces deux parties dût être foulée, quelle est celle que désigneroit le simple bon sens ? Je n'ai pas le courage de prononcer ; mais un roi, cet être qui n'existe que pour la gloire et les tourmens, n'a pas un instant à balancer ; enfin, persuadez-vous bien que l'oubli du passé est aussi nécessaire à la tranquillité du présent que l'espérance de l'avenir. Il faut connoître le peuple au milieu duquel on vit, pour agir prudemment avec lui ; le Français, quoi qu'on en puisse dire, a un tempérament mixte bien déterminé, qui, très-probablement, est le résultat de la température moyenne du pays qu'il habite, et comme un fruit indigène, puisque César l'avoit remarqué il y a près de deux mille ans. Il médite, mais moins que les peuples du Nord ; il a de l'imagination, mais moins que les peuples du Midi ; et ces deux puissances contraires, dont aucune n'est dominante, s'opposent à ce qu'il reçoive de graves impressions. Est-il porté à s'appesantir sur un sujet, l'imagination

vient l'en distraire ; l'imagination, ou l'enthousiasme qui en est le produit immé-
diat : va-t-elle le maîtriser, le raisonnement l'analyse à son tour, s'oppose
à ses progrès ; la légèreté est donc son
essence, comparativement aux nations
qui l'entourent ; et si ses vertus sont
moins vertus, ses crimes sont moins
crimes que ceux des autres hommes : ce
seroit à tort que l'on penseroit arracher
de son cœur des soupirs proportionnés
à l'apparence de ses erreurs. A-t-il commis une grande faute, à la première
remontrance, comme un grenadier plein
d'honneur, il entrera en désespoir, se
meurtrira le sein, versera de grosses
larmes ; mais bientôt après, il lui faut
des vaudevilles et du Champagne. Lui
adresse-t-on de nouveaux reproches, il
a perdu le souvenir de sa faute, ou il n'en
voit plus la gravité ; il s'indigne ou se
moque du châtiment. Je ne dis pas si
cette complexion est heureuse, ou
malheureuse, mais voilà comme nous

sommes faits, l'expérience la plus récente le démontre : voilà comme il faut nous prendre. Quelles que soient donc l'énormité de certains forfaits, et les profondes traces qu'ils ont laissées dans l'âme des penseurs et des poëtes, il convient de mettre un grand discernement dans le nombre et la forme des cérémonies et des monumens qui le rappellent. Celui qu'on va ériger sur la place de Louis XV, par exemple, est, à mon avis, un chef-d'œuvre dans ses rapports avec les yeux qui doivent le contempler (1); il est

____

(1) Ce monument, exécuté d'après le plan connu, sera sans doute d'un effet très-touchant; ces inscriptions naturelles, vivantes pour ainsi dire, et plus merveilleuses que toutes celles inventées par la plus belle imagination; cet héroïque, *J'ai tout vu, tout su, tout oublié*; ce sublime, *Ne le détrompez pas*, feront tressaillir tous les cœurs, arracheront des pleurs à tous les yeux. Mais ces choses si imposantes, si mélancoliques, si religieuses, seront-elles bien dans un lieu convenable? l'amour filial peut-être l'a indiqué pour se repaître plus largement de ses douleurs. C'est à cette tendresse même que je m'adresserai; n'éprouvera-t-elle pas un sentiment pénible en voyant journellement la foule passer avec une rapide indifférence devant l'appareil de ses

plein de charme et de douleur; et la
délicatesse de nos organes n'en peut

larmes, de ses regrets éternels? La place de Louis XV est
de toutes les places de Paris, celle où le nombre des gens à
pied est le moindre, comparativement à celui des équipages;
c'est aussi celle ou l'on donne le plus de carrière à la
vitesse des chevaux. parce qu'elle est la plus vaste et la
moins embarrassée d'obstacles; elle est encore le point
central des fêtes publiques. des feux d'artifices : ainsi donc,
la plus grande partie de ceux qui passeront devant ce
monument de tristesse. le feront comme un éclair. sans
remarquer seulement s'il existe, et la voix éloquente de la
tombe, sans gloire et sans profit, se perdra dans les joies
du siècle. Ah! ce n'est point ainsi qu'il faut jeter les
choses sublimes à la tête des hommes, ils les méprisent déjà
trop. Ce roy il cénotaphe, je proposerois de l'élever dans les
Champs-Elysées, entre l'Elysée Bourbon et la place de
Louis XV, sur le large carre non plante qui s'y trouve. Là
du moins tout seroit en rapport: d'epais ombrages, du silence,
point de ces chevaux rapides qui semblent insulter aux morts;
point de cette foule cruelle que meut l'ambition, l'amour
de l'or, ou la volupté; et seulement des hommes conduits
par le d sir de voir. d'admirer, ou de verser des larmes.
Remarquez bien que, pour être placé un peu à l'ecart, ce
monument ne manqueroit point de majesté, parce qu'il
seroit toujours dans un lieu public, parce que la pompe,
la grandeur, la richesse, le distingueroient assez de ceux
auxquels on pourroit le comparer. et que les deux senti-
nelles, au moins, qui veilleroient nuit et jour aux portes
de la vaste et superbe grille qui l'enceindroit, en impo-

supporter davantage. Je prévois bien ce
que me répondront les esprits sévères,

seroient dès le premier coup d'œil. Enfin, pour le rendre,
autant qu'il seroit possible, digne de son objet, et en
tirer nous-mêmes le plus grand avantage, je demanderois
que l'on y pratiquât au centre une salle, dans laquelle, sur
une table d'acier, l'on placeroit la Charte constitutionnelle,
comme pour la mettre sous la sauve-garde des plus utiles et
des plus terribles souvenirs, et sous la protection de la
religion et de la vertu. Cette salle, ne recevant absolument
de jour que par une étroite entrée, seroit close par une
triple porte d'airain, scellée chacune par trois gonds et
trois serrures en fer, toutes à garnitures différentes, et
dont les clefs, trois par trois, une de chaque porte, seroient
déposées dans trois cassettes d'or parfaitement semblables,
qui, elles-mêmes, seroient déposées l'une dans les archives
de la Chambre des Députés, l'autre dans les archives de
celle des Pairs, et la troisième dans les archives du roi;
pour démontrer par là que la Charte est sacrée, et qu'aucun
des trois pouvoirs de l'Etat n'a le droit et n'aura les moyens
d'y toucher même physiquement, sans être assisté des deux
autres. Et lorsqu'en effet les circonstances exigeroient
quelques modifications, les trois autorités se rendroient en
pompe dans le monument pour consulter le livre sacré, y
ajouter ou y retrancher, selon la décision unanime. Cette
pompe, cette cérémonie, ce mausolée de rois victimes à
mort de la licence, tout cela auroit été, je n'en doute pas,
d'un grand effet chez tous les peuples du monde, pour leur
inspirer une religieuse vénération et une haute idée du
recueil de leurs lois; chez nous, au contraire, tout cela

que je traite les Français en enfans gâtés, que je souscris à tous leurs caprices ; je ne me le dissimule pas, c'est la vérité. Mais puisque notre bon roi agit envers nous comme un père, moi, je considère en effet la France comme un enfant gâté qui, ayant atteint sa grande majorité, est à l'abri des châtimens du premier âge, et que l'on ne peut ramener que par le raisonnement, le temps et la dou-

---

ne seroit presque d'aucune force aujourd'hui. Mais qui sait, peut-être dans cinquante ans , peut-être dans vingt-cinq , cette coutume auroit-elle acquis un caractère imposant et même sublime ; et puisque les génies du siècle passé sacrifioient sans hésiter les générations aux générations, pourquoi, nous, gens simples, ne travaillerions-nous pas à si peu de périls pour un avenir aussi prochain ?

Quant à l'emplacement à jamais mémorable que laisseroit vacant la translation de ce monument, pourroit-on mieux faire que d'y construire une fontaine d'un goût simple , religieux, et légèrement allégorique, dont les ondes pures et bienfaisantes seroient le plus touchant emblème du beau sang qui l'a rougi ?

Voilà les idées que j'ai osé jeter sur le papier ; je ne les donne point avec confiance , mais on en émet, tant, tant et tant, que je m'accuserois de pusillanimité , si je n'avois pas le courage de hasarder aussi les miennes.

ceur. Par exemple ce seroit peut-être
un ménagement que pourroient avoir
beaucoup de gens que de moins déclamer soit en parlant, soit en écrivant
contre un fameux capitaine dont il n'est
plus question, et devant des soldats qui
ne l'ont pas entièrement oublié : met-
tons-nous à leur place; ces hommes, le
glaive à leur côté, au prix de leur sang;
sans raisonner morale et politique, cher-
choient à vaincre; ce fameux capitaine
long-temps les a conduits à la victoire, et
ils l'admiroient; ils le voyoient sublime
sur le champ de bataille; ils ne savoient
pas qu'il étoit odieux dans le cabinet.
Ayons de l'indulgence pour la dernière
lueur de leur souvenir, puisqu'une plus
belle flamme chaque jour s'allume dans
leurs âmes. Mais vous aussi, braves
guerriers, si nous mettons de l'impartialité dans nos jugemens à votre égard,
piquez-vous de justice envers nous;
pratiquer la justice, c'est encore acquérir
de la gloire. Convenez que la nature

invinciblement s'opposoit à ce que nous
sentissions autre chose que de l'éloignement pour votre général; chaque année
sans but , sans que la raison entrevît un
terme à tant de maux , il désoloit nos
cités et nos champs pour porter la dé-
solation dans d'autres cités et sur d'autres
champs ; et ainsi nous souffrions de nos
misères propres , de celles de la patrie
et de celles de l'Europe. Il nous
traitoit avec orgueil , il nous traitoit en
esclaves ; jamais sa bouche n'a proféré
un mot qui sortît de son cœur ; et combien n'est-il pas de vos chefs , et des plus
braves même , qu'il a outragés de la manière la plus sanglante ? Avouez , au
contraire , que la nature invinciblement
nous porte à aimer , à chérir le prince
sous lequel nous vivons ; il est noble, il
est généreux, il est plein d'humanité ; il
est plus grand qu'un conquérant : car il
est plus facile d'écraser les hommes
que de leur persuader d'être heureux.
Il nous traite comme ses enfans, et nous

sommes les petits-enfans de ses aïeux de huit siècles ; enfin, il nous rend la paix, la douce paix, cette plus belle moitié de la vie. Je ne l'ignore pas, l'absence de la guerre interrompt le cours des espérances, et diminue les ressources de plusieurs d'entre vous ; mais combien en est-il qu'elle rend aux foyers paternels et au bonheur ? Et pour la convenance de quelques individus, faut-il ravager les nations ? Qui oseroit gémir de la paix ? Et d'ailleurs que sont-ils les lauriers que l'on ne cueille que pour les cueillir, et les dangers que l'on ne brave que pour les braver ! La gloire des armes est belle, sans doute, elle est la plus enivrante ; tous les hommes l'ont dit, tous les âges l'ont répété : le métier de la guerre est noble, mais si l'une et l'autre ne sont basés sur des vues de bien général, n'ont pour principes le bon droit et la justice, cette gloire n'est que souillure, ce métier n'est que brigandage. Au nom de Dieu, de la patrie et du prince, Français, prenons donc des idées vraiment libérales, c'est-à-dire des idées saines, des idées vraies, des idées grandes ; libres de tous préjugés dangereux ou avilissans pour l'homme, mais soumises à tout ce qui est beau, à tout ce qui est bon, à tout ce qui est juste : cette subordination est la véritable indépendance : j'ose le dire, elle est un des attributs nécessaires de l'Être infini lui-même. D'autres idées ne seroient que licencieuses, et loin de prouver notre force et nos lumières, ne signaleroient que notre foiblesse et notre aveuglement. Nous ressemblerions à un artiste, qui, sous prétexte qu'il exerce un art libéral, et qu'il a acquis de nouvelles données, refuseroit de se soumettre par orgueil aux proportions indiquées par la nature, pour ne suivre que ses inspirations. Où le conduiroit cette fière indépendance ? Au chimérique, à l'absurde. Que prouveroit-elle ? De la folie, de la vraie folie.

O leçon imposante, mais inutile, des fils orgueilleux de Noé ! comme eux, nous cherchons à construire une tour immense, mais sans proportions avec nos forces, pour nous mettre à l'abri des maux de la terre ; comme le leur aussi, notre langage se confond, et bientôt nous ne nous entendrons plus. Ah ! soyons plus confians dans notre ignorance, souvent elle nous sert bien mieux que nos lumières ; laissons-nous un peu emporter par la force des choses : pourquoi tant combattre , tant lutter ? Que savons-nous ? Le plus sage des hommes avouoit qu'il ne savoit rien. Nos intérêts , notre amour-propre sont froissés ; mais s'ils étoient satisfaits , d'autres seroient froissés à leur tour : il faudroit donc des révolutions éternelles. Étouffons ces plaintes indiscrètes ; les reproches , quelque légers qu'ils soient , troublent la concorde des familles , surtout quand leur rapprochement ne date que de peu de jours. Du reste , vous l'avez vu , dans quelque classe que vous soyez, vos murmures sont injustes , parce qu'ils vont contre la nécessité ou la raison. Mais je les suppose justes, qu'en attendez-vous ? Ou ils agiront, ou seront sans effet : sont-ils sans effet , ils n'auront servi qu'à doubler votre inquiétude et à dévoiler gratuitement votre peu de générosité et même votre bassesse. Agissent-ils , malheur à vous ! malheur à nous ! malheur à la postérité ! Vainement , vous êtes pleins d'amour pour le pouvoir régnant , vainement , vous avez le cri général dans la bouche , le sentiment général dans le cœur, si ce cri n'arrête tous les murmures , si ce sentiment n'absorbe toutes les haines. S'il s'élève parmi vous des divisions , malheur à vous ! malheur à nous ! malheur à la postérité ! Ne comptez point maîtriser le mouvement; une fois l'impulsion donnée ; une fois les flots soulevés , tout accroîtra leur rage , tout doublera leur rapidité ; nulle force

6.

humaine ne sauroit leur être une digue :
vainqueurs, vaincus, spectateurs, l'a-
bîme seroit le partage de tous, ou au
moins tous les partis compteroient d'in-
nombrables victimes. Vous apprendrez
alors, étant dévorés comme des agneaux,
et gémissant comme des femmes, ce
que c'est qu'une multitude façonnée,
depuis vingt-cinq ans, au viol, à l'impiété et au carnage, qui se joue de son
Dieu, qui se joue de son âme, qui méprise et la vie et la mort, qui mille
fois a vu des cadavres, qui mille fois
en a flairé, qui mille fois en a fait :
vous apprendrez alors ce qu'ils sont ces
hommes qui, dans l'ignorance même
des bienséances morales les plus gros-
sières, gémissent avec le front serein de
la vertu, de n'avoir point été assez
scélérats, assez coupables dans ces jours
d'horreurs, où le crime produisoit la
fortune. Et qui de nous ne les a pas en-
tendues ces monstrueuses lamentations ?
Vous verrez alors, saisis de terreur et

d'effroi, accourir des colonnes d'Her-
cule aux zones glacées du Nord, tous
ces sujets rebelles, audacieux, corrompus, dont nos besoins et notre politique féroce ont soulevé et divulgué
l'infamie, et qui, ne trouvant plus de
repos et de considérations parmi leurs
concitoyens, comme de sombres nuées
de vautours dévorans, fondront sur
nos plaines désolées, aux premiers cris
favorables. Vous souriez, vous, énergu-
mènes de liberté, vous, partisans in-
sensés d'une république impossible, et
qui volontiers l'établiriez sur les ruines
du genre humain; vous encore qui rêvez
la gloire chimérique de la France, vous
souriez. Eh bien, moi je l'affirme et
mes opinions valent bien les vôtres;
quelques instans, plus ou moins prolon-
gés d'une anarchie sanglante, seroient
immédiatement suivis d'un despotisme
cruel et sans fin. Songez-y bien, la
Grèce légère, inconstante comme nous,
belliqueuse, éclairée, polie comme

nous, est tombée dans l'abrutissement et l'esclavage. Ah! de grâce, que les nations de la terre ne disent pas avec un insolent orgueil : « Les Français ! ils » ne sont bons qu'à porter des chaînes. » Cessez aussi de mépriser le déplorable avenir que je viens de vous peindre, vous, qui croyez voir dans la mollesse des âmes, et dans une certaine tendance des esprits vers le repos, un obstacle insurmontable à de pareilles calamités; oui, nous avons moins d'énergie pour le crime, mais nous n'avons point de rempart contre lui. Ce que les digues des Pays-Bas ont été une fois artisonées, vermoulues, nos digues morales le sont aujourd'hui; le moindre flot nous submergeroit sans peine. La puissance de l'inertie égaleroit et surpasseroit peut-être dans ses effets la puissance de la force. Sans être criminels, ces hommes, ils seroient scélérats, parce qu'ils ignorent absolument la justice, parce qu'ils n'ont pas la moindre notion de leur devoir. Parcourez les villes, les faubourgs, les campagnes, et si j'accuse faux, traitez-moi de déclamateur. Malheureux ! qui, pour un vil intérêt, ou qui sous le prétexte insensé de faire l'homme un demi-dieu, et d'éclairer la terre, vous jouez avec des étincelles sur des monceaux de poudre et de salpêtre ; quel est votre aveuglement, quelle est votre rage ? La douce lumière dont nous jouissons, suffit à nos regards : que nous importeront vos vives clartés, quand nos yeux éteints ne verront plus le soleil : quand nos poumons desséchés ne respireront plus le suave parfum de l'air ! Vous travaillez pour l'avenir ! eh ! les sages qui vous ont devancés en disoient autant ! cependant, quel est-il leur avenir ? Une immense vallée de sang et de larmes. Parcourez les quatre parties de la terre, ouvrez son sein, partout vous trouverez des lambeaux de cet avenir florissant ; partout des ossemens pêle - mêle de

jeunes vierges, de soldats, de vieillards,
d'enfans, de rois et de pasteurs. Oui, si
une puissance surhumaine, pour donner
une éclatante leçon à notre orgueil en-
durci, rassembloit sur les bords fleuris
de la Seine, de ce fleuve ami, dont les
ondes si pures et si douces, viennent
rafraîchir un des plus beaux séjour des
hommes, et baigner les murs d'une cité
où la pompe des arts, la sublimité des
monumens, la politesse des mœurs,
tous les biens de la terre réunis, con-
viennent à la paix et au bonheur ; oui, si,
là, une puissance surhumaine entassoit
tous les ossemens, tout le sang, toutes
les larmes, tous les cadavres qu'ont
produits depuis un quart de siècle, nos
malheureuses théories, fût-elle large
comme la Loire à son embouchure, la
Seine, fût-elle rapide comme elle à sa
source, et charriât-elle ces ossemens, ce
sang, ces larmes, ces cadavres à pleine
voie, ainsi que des glaçons amoncelés ;
deux jours tout entiers, deux nuits tout

entières, lui seroient encore trop courts pour déblayer ces horribles décombres, et les faire passer devant nos yeux épouvantés.

O Dieu qui créas l'homme ! qu'as-tu donc mis dans son cœur ? Ta sagesse seroit-elle en défaut ? Ou plutôt sa sagesse illimitée ne seroit-elle que folie ? N'en doutons pas, voilà notre foible ; voilà la source la plus féconde de nos maux. Passé certaine élévation, nos édifices croulent et nous abîment sous leurs ruines ; passé certain éloignement de la terre, le fardeau dont nous nous jouions, augmente sensiblement de pesanteur ; l'élevons-nous au niveau de notre tête, nous sommes prêts à succomber ; roidissons-nous les bras pour l'élever encore, nous dressons-nous sur les pieds, il retombe brusquement et nous accable de son poids. Ainsi nos idées, notre prévoyance, passé certaine étendue, ne sont plus que fantastiques, que dangereuses, que funestes ; tâchons de nous

en convaincre , c'est de là que dépend
notre bonheur.

Nous avons un roi très-habile , très-
vertueux et tout occupé de nos intérêts ;
nous avons une constitution de notre
choix ; nous avons pris toutes les mesures
que permet la prudence humaine pour
assurer notre avenir ; et nous avons un
besoin éminent de repos. Demeurons
donc à notre place avec une ferme constance , nous en remettant pour le reste ,
selon la pensée de nos cœurs , les uns
à la consolante Providence , les autres
à la triste fatalité ; et pour nous lier
tous par un pacte redouté , jurons que ,
bien que dans nos salons, dans nos cercles,
dans nos places publiques , nous n'ac-
cordions pas toute confiance et toute
estime à un homme par cela seul que
ses discours et sa conduite tendroient
au repos , nous refuserons toute estime
et toute confiance à un homme , par cela
seul que ses discours ou sa conduite ne
tendroient pas au repos , fût-il couvert

de lauriers, ou assis sur les marches.
du trône. Voilà, je crois, pour le moment
présent surtout, la conséquence naturelle des idées les plus libérales et de la
saine philosophie.

Puissent ces lignes que j'ai tracées
avec d'autant plus de rapidité que j'en
conçois moins d'espérance, faire réfléchir la légèreté, ouvrir les yeux à l'aveuglement, et arracher quelques remords
à la méchanceté.... si elle peut exister !

FIN.

DE L'IMPRIMERIE DE LE NORMANT, RUE DE SEINE, n° 8.